ffmann

E.T.A. Hoffmann

Die Automate

edition holbach

Erstausgabe: E.T.A. Hoffmann: Die Automate. Leipzig. 1814.

Neuausgabe: 2020 edition holbach, Martigny

Textbearbeitung: edition holbach, Martigny
Umschlaggestaltung: © edition holbach, Martigny
Druck: epubli ein Service der neopubli GmbH, Berlin

Printed in Germany

Bibliografische Information der Deutschen Nationalbibliothek

Die Deutsche Nationalbibliothek verzeichnet diese Publikation in der Deutschen Nationalbibliografie; detaillierte bibliografische Daten sind im Internet über http://dnb.d-nb.de abrufbar.

Der redende Türke machte allgemeines Aufsehen, ja er brachte die ganze Stadt in Bewegung, denn jung und alt, vornehm und gering strömte vom Morgen bis in die Nacht hinzu, um die Orakelsprüche zu vernehmen, die von den starren Lippen der wunderlichen lebendigtoten Figur den Neugierigen zugeflüstert wurden. Wirklich war auch die ganze Einrichtung des Automats von der Art, daß jeder das Kunstwerk von allen ähnlichen Tändeleien, wie sie wohl öfters auf Messen und Jahrmärkten gezeigt werden, gar sehr unterscheiden und sich davon angezogen fühlen mußte. In der Mitte eines nicht eben großen nur mit dem notwendigsten Gerät versehenen Zimmers saß die lebensgroße, wohlgestaltete Figur, in reicher geschmackvoller türkischer Kleidung, auf einem niedrigen wie ein Dreifuß geformten Sessel, den der Künstler auf Verlangen wegrückte, um jede Vermutung der Verbindung mit dem Fußboden zu widerlegen, die linke Hand zwanglos auf das Knie, die rechte dagegen auf einen kleinen freistehenden Tisch gelegt. Die ganze Figur war, wie gesagt, in richtigen Verhältnissen wohlgestaltet, allein vorzüglich war der Kopf gelungen; eine wahrhaft orientalisch geistreiche Physiognomie gab dem Ganzen ein Leben, wie man es selten bei Wachsbildern, wenn sie selbst den charaktervollen Gesichtern geistreicher Menschen nachgeformt sind, findet. Ein leichtes Geländer umschloß das Kunstwerk und wehrte den Anwesenden das nahe Hinzutreten, denn nur *der*, welcher sich von der Struktur des Ganzen, soweit es der Künstler sehen lassen konnte, ohne sein Geheimnis zu verraten überzeugen wollte, oder der eben Fragende durfte in das Innere und dicht an die Figur treten. Hatte man, wie es gewöhnlich war, dem Türken die Frage ins rechte Ohr geflüstert, so drehte er erst die Augen, dann aber den ganzen Kopf nach dem Fragenden hin, und man glaubte an dem Hauch zu fühlen, der aus dem Munde strömte, daß die leise

Antwort wirklich aus dem Innern der Figur kam. Jedesmal wenn einige Antworten gegeben worden, setzte der Künstler einen Schlüssel in die linke Seite der Figur ein, und zog mit vielem Geräusch ein Uhrwerk auf. Hier öffnete er auch auf Verlangen eine Klappe, und man erblickte im Innern der Figur ein künstliches Getriebe von vielen Rädern, die nun wohl auf das Sprechen des Automaten durchaus keinen Einfluß hatten, indessen doch augenscheinlich so viel Platz einnahmen, daß sich in dem übrigen Teil der Figur unmöglich ein Mensch, war er auch kleiner, als der berühmte Zwerg Augusts, der aus der Pastete kroch, verbergen konnte. Nächst der Bewegung des Kopfs, die jedesmal vor der Antwort geschah, pflegte der Türke auch zuweilen den rechten Arm zu erheben und entweder mit dem Finger zu drohen, oder mit der ganzen Hand gleichsam die Frage abzuweisen. Geschah dieses, so konnte nur das wiederholte Andringen des Fragers eine mehrenteils zweideutige oder verdrießliche Antwort bewirken, und eben auf diese Bewegungen des Kopfs und Armes mochte sich wohl jenes Räderwerk beziehen, unerachtet auch hier die Rückwirkung eines denkenden Wesens unerläßlich schien. Man erschöpfte sich in Vermutungen über das Medium der wunderbaren Mitteilung, man untersuchte Wände, Nebenzimmer, Gerät, alles vergebens. Die Figur, der Künstler waren von den Argusaugen der geschicktesten Mechaniker umgeben, aber je mehr er sich auf diese Art bewacht merkte, desto unbefangener war sein Betragen. Er sprach und scherzte in den entlegensten Ecken des Zimmers mit den Zuschauern und ließ seine Figur wie ein ganz für sich bestehendes Wesen, das irgendeiner Verbindung mit ihm nicht bedürfe, ihre Bewegungen machen und Antworten erteilen; ja er konnte sich eines gewissen ironischen Lächelns nicht enthalten, wenn der Drei-

Fremdsprachen

fuß und der Tisch auf allen Seiten herumgedreht und durchgeklopft, ja in die herabgenommene und weiter ans Licht gebrachte Figur mit Brillen und Vergrößerungsgläsern hineingeschaut wurde, und dann die Mechaniker versicherten, der Teufel möge aus dem wunderlichen Räderbau klug werden. Alles blieb vergebens und die Hypothese, daß der Hauch, der aus dem Munde der Figur ströme, leicht durch verborgene Ventile hervorgebracht werden könne, und der Künstler selbst als ein trefflicher Bauchredner die Antworten erteile, wurde gleich dadurch vernichtet, daß der Künstler in demselben Augenblick, als der Türke eben eine Antwort erteilte, mit einem der Zuschauer laut und vernehmlich sprach. Unerachtet der geschmackvollen Einrichtung und des höchst Rätselhaften, Wunderbaren, was in dem ganzen Kunstwerke lag, hätte das Interesse des Publikums daran doch wohl bald nachgelassen, wäre es dem Künstler nicht möglich gewesen, auf eine andere Weise die Zuschauer immer aufs neue an sich zu ziehen. Dieses lag nun in den Antworten selbst, welche der Türke erteilte, und die jedesmal mit tiefem Blick in die Individualität des Fragenden bald trocken, bald ziemlich grob spaßhaft, und dann wieder voll Geist und Scharfsinn und wunderbarerweise bis zum Schmerzhaften treffend waren. Oft überraschte ein mystischer Blick in die Zukunft, der aber nur von dem Standpunkt möglich war, wie ihn sich der Fragende selbst tief im Gemüt gestellt hatte. Hierzu kam, daß der Türke oft, deutsch gefragt, doch in einer fremden Sprache antwortete, die aber eben dem Fragenden ganz geläufig war, und man fand alsdann, daß es kaum möglich war die Antwort so rund, so in wenigen Worten viel umfassend anders zu geben, als eben in der gewählten Sprache. Kurz jeden Tag wußte man von neuen geistreichen, treffenden Antworten des weisen Türken zu erzählen, und ob die geheimnisvolle Verbindung des lebenden menschlichen

Wesens mit der Figur, oder nicht vielmehr eben dies Eingehen in die Individualität der Fragenden und überhaupt der seltene Geist der Antworten wunderbarer sei, das wurde in der Abendgesellschaft eifrigst besprochen, in welcher sich gerade die beiden akademischen Freunde Ludwig und Ferdinand befanden. Beide mußten zu ihrer Schande eingestehen, den Türken noch nicht besucht zu haben, ungeachtet es gewissermaßen zum guten Ton gehörte hinzugehen, und die mirakulösen Antworten, die man auf verfängliche Fragen erhalten, überall aufzutischen. »Mir sind«, sagte Ludwig, »alle solche Figuren, die dem Menschen nicht sowohl nachgebildet sind, als das Menschliche nachäffen, diese wahren Standbilder eines lebendigen Todes oder eines toten Lebens, im höchsten Grade zuwider. Schon in früher Jugend lief ich weinend davon, als man mich in ein Wachsfigurenkabinett führte, und noch kann ich kein solches Kabinett betreten, ohne von einem unheimlichen grauenhaften Gefühl ergriffen zu werden. Mit Macbeths Worten möchte ich rufen: ›Was starrst du mich an mit Augen ohne Sehkraft?‹ wenn ich die stieren, toten, gläsernen Blicke all der Potentaten, berühmten Helden und Mörder und Spitzbuben auf mich gerichtet sehe, und ich bin überzeugt, daß die mehrsten Menschen dies unheimliche Gefühl, wenn auch nicht in dem hohen Grade wie es in mir waltet, mit mir teilen, denn man wird finden, daß im Wachsfigurenkabinett auch die größte Menge Menschen nur ganz leise flüstert, man hört selten ein lautes Wort; aus Ehrfurcht gegen die hohen Häupter geschieht dies nicht, sondern es ist nur der Druck des Unheimlichen, Grauenhaften, der den Zuschauern jenes Pianissimo abnötigt. Vollends sind mir die durch die Mechanik nachgeahmten menschlichen Bewegungen toter Figuren sehr fatal, und ich bin überzeugt, daß euer wunderbarer geistreicher

Türke mit seinem Augenverdrehen, Kopfwenden und Armerheben mich wie ein negromantisches Ungetüm vorzüglich in schlaflosen Nächten verfolgen würde. Ich mag deshalb nicht hingehen, und will mir lieber alles Witzige und Scharfsinnige, was er diesem oder jenem gesagt, erzählen lassen.«

»Du weißt«, nahm Ferdinand das Wort: »daß alles, was du von dem tollen Nachäffen des Menschlichen, von den lebendigtoten Wachsfiguren gesagt hast, mir recht aus der Seele gesprochen ist. Allein bei den mechanischen Automaten kommt es wirklich sehr auf die Art und Weise an, wie der Künstler das Werk ergriffen hat. Einer der vollkommensten Automate, die ich je sah, ist der Enslersche Voltigeur, allein so wie seine kraftvollen Bewegungen wahrhaft imponierten, ebenso hatte sein plötzliches Sitzenbleiben auf dem Seil, sein freundliches Nicken mit dem Kopfe, etwas höchst Skurriles; gewiß hat niemanden jenes grauenhafte Gefühl ergriffen, das solche Figuren vorzüglich bei sehr reizbaren Personen nur zu leicht hervorbringen. Was nun unsern Türken betrifft, so hat es meines Bedünkens mit ihm eine andere Bewandtnis. Seine, nach der Beschreibung aller, die ihn sahen, höchst ansehnliche, ehrwürdige Figur ist etwas ganz Untergeordnetes, und sein Augenverdrehen und Kopfwenden gewiß nur da, um unsere Aufmerksamkeit ganz auf *ihn*, wo gerade der Schlüssel des Geheimnisses *nicht* zu finden ist, hinzulenken. Daß der Hauch aus dem Munde des Türken strömt, ist möglich, oder vielleicht gewiß, da die Erfahrung es beweist; hieraus folgt aber noch nicht, daß jener Hauch wirklich von den gesprochenen Worten erregt wird. Es ist gar kein Zweifel, daß ein menschliches Wesen, vermöge uns verborgener und unbekannter akustischer und optischer Vorrichtungen mit dem Fragenden in solcher Verbindung steht, daß es ihn sieht, ihn hört und ihm wieder Antworten zuflüstern kann. Daß noch niemand, selbst unter unsern geschickten Mechanikern, auch nur im mindesten auf die Spur gekommen, wie jene Verbindung wohl hergestellt sein kann, zeigt, daß des Künstlers Mittel sehr sinnreich erfunden sein müssen, und so verdient von dieser Seite sein Kunstwerk allerdings die größte Aufmerksamkeit. Was mir aber viel wunderbarer scheint und mich in der Tat recht anzieht, das ist die geistige Macht des unbekannten menschlichen Wesens, vermöge dessen es in die Tiefe des Gemüts des Fragenden zu dringen scheint – es herrscht oft eine Kraft des Scharfsinns und zugleich ein grausenhaftes Helldunkel in den Antworten, wodurch sie zu Orakelsprüchen im strengsten Sinn des Worts werden. Ich habe von mehrern Freunden in dieser Hinsicht Dinge gehört, die mich in das größte Erstaunen setzten, und ich kann nicht länger dem Drange widerstehen, den wundervollen Sehergeist des Unbekannten selbst auf die Probe zu stellen, weshalb ich mich entschlossen, morgen vormittags hinzugehen, und dich hiermit, lieber Ludwig! feierlichst eingeladen haben will, alle Scheu vor lebendigen Puppen abzulegen, und mich zu begleiten.«

Sosehr sich Ludwig sträubte, mußte er doch, um nicht für einen Sonderling gehalten zu werden, nachgeben, als mehrere auf ihn einstürmten, ja sich nicht von der belustigenden Partie auszuschließen, und im Verein mit ihnen morgen dem mirakulösen Türken recht auf den Zahn zu fühlen. Ludwig und Ferdinand gingen wirklich mit mehreren muntern Jünglingen, die sich deshalb verabredet, hin. Der Türke, dem man orientalische Grandezza gar nicht absprechen konnte, und dessen Kopf, wie gesagt, so äußerst wohlgelungen war, kam Ludwigen doch im Augenblick des Eintretens höchst possierlich vor,

Ferdinands Frage

und als nun vollends der Künstler den Schlüssel in die Seite einsetzte und die Räder zu schnurren anfingen, wurde ihm das ganze Ding so abgeschmackt und verbraucht, daß er unwillkürlich ausrief: »Ach, meine Herren! hören Sie doch, wir haben höchstens Braten im Magen, aber die türkische Exzellenz da einen ganzen Bratenwender dazu!« Alle lachten, und der Künstler, dem der Scherz nicht zu gefallen schien, ließ sogleich vom weitern Aufziehen des Räderwerks ab. Sei es nun, daß die joviale Stimmung der Gesellschaft dem weisen Türken mißfiel, oder daß er den Morgen gerade nicht bei Laune war, genug, alle Antworten, die zum Teil durch recht witzige, geistreiche Fragen veranlaßt wurden, blieben nichtsbedeutend und schal, Ludwig hatte vorzüglich das Unglück, beinahe niemals von dem Orakel richtig verstanden zu werden und ganz schiefe Antworten zu erhalten; schon wollte man unbefriedigt das Automat und den sichtlich verstimmten Künstler verlassen, als Ferdinand sprach: »Nicht wahr, meine Herren, Sie sind alle mit dem weisen Türken nicht sonderlich zufrieden, aber vielleicht lag es an uns selbst, an unsern Fragen, die dem Manne nicht gefielen – eben daß er jetzt den Kopf dreht und die Hand aufhebt (die Figur tat dies wirklich) scheint meine Vermutung als wahr zu bestätigen! – ich weiß nicht, wie mir jetzt es in den Sinn kommt, noch eine Frage zu tun, deren Beantwortung, ist sie treffend, die Ehre des Automats mit einem Male retten kann.« Ferdinand trat zu der Figur hin und flüsterte ihr einige Worte leise ins Ohr; der Türke erhob den Arm, er wollte nicht antworten, Ferdinand ließ nicht ab, da wandte der Türke den Kopf zu ihm hin. –

Ludwig bemerkte, daß Ferdinand plötzlich erblaßte, nach einigen Sekunden aber aufs neue fragte und gleich die Antwort erhielt. Mit erzwungenem Lächeln sagte Ferdinand zur Gesellschaft: »Meine Herren, ich kann versichern, daß wenigstens für mich der Türke seine Ehre gerettet hat; damit aber das Orakel ein recht geheimnisvolles Orakel bleibe, so erlassen Sie es mir wohl zu sagen, was ich gefragt und was er geantwortet.«

Sosehr Ferdinand seine innere Bewegung verbergen wollte, so äußerte sie sich doch nur zu deutlich in dem Bemühen, froh und unbefangen zu scheinen, und hätte der Türke die wunderbarsten treffendsten Antworten erteilt, so würde die Gesellschaft nicht von dem sonderbaren, beinahe grauenhaften Gefühl ergriffen worden sein, das eben jetzt Ferdinands sichtliche Spannung hervorbrachte. Die vorige Heiterkeit war verschwunden, statt des sonst fortströmenden Gesprächs fielen nur einzelne abgebrochene Worte, und man trennte sich in gänzlicher Verstimmung.

Kaum war Ferdinand mit Ludwig allein, so fing er an: »Freund! Dir mag ich es nicht verhehlen, daß der Türke in mein Innerstes gegriffen, ja, daß er mein Innerstes verletzt hat, so daß ich den Schmerz wohl nicht verwinden werde, bis mir die Erfüllung des gräßlichen Orakelspruchs den Tod bringt.«

Ludwig blickte den Freund voll Verwunderung und Erstaunen an, aber Ferdinand fuhr fort: »Ich sehe nun wohl, daß dem unsichtbaren Wesen, das sich uns durch den Türken auf eine geheimnisvolle Weise mitteilt, Kräfte zu Gebote stehen, die mit magischer Gewalt unsre geheimsten Gedanken beherrschen, und vielleicht erblickt die fremde Macht klar und deutlich den Keim des Zukünftigen, der in uns selbst im mystischen Zusammenhange mit der Außenwelt genährt wird, und weiß so alles, was in fernen Tagen auf uns einbrechen wird, so wie es Menschen gibt mit der unglücklichen Sehergabe, den Tod zur bestimmten Stunde vorauszusagen.«

Ferdinands Vergangenheit

»Du mußt Merkwürdiges gefragt haben«, erwiderte Ludwig, »vielleicht legst du aber selbst in die zweideutige Antwort des Orakels das Bedeutende, und was das Spiel des launenhaften Zufalls in seltsamer Zusammenstellung gerade Eingreifendes, Treffendes hervorbrachte, schreibst du der mystischen Kraft des gewiß ganz unbefangenen Menschen zu, der sich durch den Türken vernehmen läßt.«

»Du widersprichst«, nahm Ferdinand das Wort, »in dem Augenblick dem, was wir sonst einstimmig zu behaupten pflegen, wenn von dem sogenannten Zufall die Rede ist. Damit du alles wissen, damit du es recht fühlen mögest, wie ich heute in meinem Innersten aufgeregt und erschüttert bin, muß ich dir etwas aus meinem frühern Leben vertrauen, wovon ich bis jetzt schwieg. Es sind schon mehrere Jahre her, als ich von den in Ostpreußen gelegenen Gütern meines Vaters nach B. zurückkehrte. In K. traf ich mit einigen jungen Kurländern zusammen, die ebenfalls nach B. wollten, wir reisten zusammen in drei mit Postpferden bespannten Wagen, und du kannst denken, daß bei uns, die wir in den Jahren des ersten, kräftigen Aufbrausens mit wohlgefülltem Beutel so in die Welt hineinreisen konnten, die Lebenslust beinahe bis zur wilden Ausgelassenheit übersprudelte. Die tollsten Einfälle wurden im Jubel ausgeführt, und ich erinnere mich noch, daß wir in M. wo wir gerade am Mittage ankamen, den Dormeusenvorrat der Posthalterin plünderten, und ihrer Protestationen unerachtet mit dem Raube gar ziemlich geschmückt Tabak rauchend vor dem Hause, unter großem Zulauf des Volks, auf und ab spazierten, bis wir wieder unter dem lustigen Hörnerschall der Postillione abfuhren. In der herrlichsten jovialsten Gemütsstimmung kamen wir nach D., wo wir der schönen Gegenden wegen einige Tage verweilen wollten. Jeden Tag gab es lustige Partien; einst waren wir bis zum späten Abend auf dem Karlsberge und in der benachbarten Gegend herumgestreift, und als wir in den Gasthof zurückkehrten, erwartete uns schon der köstliche Punsch, den wir vorher bestellt, und den wir uns, von der Seeluft durchhaucht, wacker schmecken ließen, so daß ohne eigentlich berauscht zu sein, mir doch alle Pulse in den Adern hämmerten und schlugen, und das Blut wie ein Feuerstrom durch die Nerven glühte. Ich warf mich, als ich endlich in mein Zimmer zurückkehren durfte, auf das Bett, aber trotz der Ermüdung war mein Schlaf doch nur mehr ein träumerisches Hinbrüten, in dem ich alles vernahm, was um mich vorging. Es war mir, als würde in dem Nebenzimmer leise gesprochen und endlich unterschied ich deutlich eine männliche Stimme, welche sagte: ›Nun so schlafe denn wohl und halte dich fertig zur bestimmten Stunde.‹ Eine Tür wurde geöffnet und wieder geschlossen, und nun trat eine tiefe Stille ein, die aber bald durch einige leise Akkorde eines Fortepianos unterbrochen wurde. Du weißt, Ludwig! welch ein Zauber in den Tönen der Musik liegt, wenn sie durch die stille Nacht hallen. So war es auch jetzt, als spräche in jenen Akkorden eine holde Geisterstimme zu mir; ich gab mich dem wohltätigen Eindruck ganz hin, und glaubte es würde nun wohl etwas Zusammenhängendes, irgendeine Fantasie, oder sonst ein musikalisches Stück folgen, aber wie wurde mir, als die herrliche göttliche Stimme eines Weibes in einer herzergreifenden Melodie die Worte sang:

›Mio ben ricordati
s'avvien ch'io mora,
quanto quest' anima
fedel t'amò.
Lo se pur amano

le fredde ceneri
nel urna ancora
t'adorerò!‹

Wie soll ich es denn anfangen, dir das nie gekannte, nie geahnete Gefühl nur anzudeuten, welches die langen – bald anschwellenden – bald verhallenden Töne in mir aufregten. Wenn die ganz eigentümliche, nie gehörte Melodie – ach es war ja die tiefe, wonnevolle Schwermut der inbrünstigsten Liebe selbst – wenn sie den Gesang in einfachen Melismen bald in die Höhe führte, daß die Töne wie helle Kristallglocken erklangen, bald in die Tiefe hinabsenkte, daß er in den dumpfen Seufzern einer hoffnungslosen Klage zu ersterben schien, dann fühlte ich, wie ein unnennbares Entzücken mein Innerstes durchbebte, wie der Schmerz der unendlichen Sehnsucht meine Brust krampfhaft zusammenzog, wie mein Atem stockte, wie mein Selbst unterging in namenloser, himmlischer Wollust. Ich wagte nicht, mich zu regen, meine ganze Seele, mein ganzes Gemüt war nur Ohr. Schon längst hatten die Töne geschwiegen, als ein Tränenstrom endlich die Überspannung brach, die mich zu vernichten drohte. Der Schlaf mochte mich doch zuletzt übermannt haben, denn als ich von dem gellenden Ton eines Posthorns geweckt auffuhr, schien die helle Morgensonne in mein Zimmer, und ich wurde gewahr, daß ich nur im Traume des höchsten Glücks, der höchsten Seligkeit, die für mich auf der Erde zu finden, teilhaftig worden. – Ein herrliches blühendes Mädchen war in mein Zimmer getreten; es war die Sängerin und sie sprach zu mir mit gar lieblicher, holdseliger Stimme: ›So konntest du mich dann wiedererkennen, lieber, lieber Ferdinand! aber ich wußte ja wohl, daß ich nur singen durfte, um wieder ganz in dir zu leben; denn jeder Ton ruhte ja in deiner Brust, und mußte in meinem Blick erklingen.‹ Welches unnennbare Entzücken durchströmte mich, als ich nun sah, daß es die Geliebte meiner Seele war, die ich schon von früher Kindheit an im Herzen getragen, die mir ein feindliches Geschick nur so lange entrissen, und die ich Hochbeglückter nun wiedergefunden. Aber meine inbrünstige Liebe erklang eben in jener Melodie der tief klagenden Sehnsucht, und unsere Worte, unsere Blicke wurden zu herrlichen anschwellenden Tönen, die wie in einem Feuerstrom zusammenflossen. – Nun ich erwacht war, mußte ich mir's eingestehen, daß durchaus keine Erinnerung aus früher Zeit sich an das holdselige Traumbild knüpfte – ich hatte das herrliche Mädchen zum ersten Male gesehen. Es wurde vor dem Hause laut und heftig gesprochen – mechanisch raffte ich mich auf und eilte ans Fenster; ein ältlicher, wohlgekleideter Mann zankte mit den Postknechten, die etwas an dem zierlichen Reisewagen zerbrochen. Endlich war alles hergestellt, und nun rief der Mann herauf: ›Jetzt ist alles in Ordnung, wir wollen fort.‹ Ich wurde gewahr, daß dicht neben mir ein Frauenzimmer zum Fenster herausgesehen, die nun schnell zurückfuhr, so daß ich, da sie einen ziemlich tiefen Reisehut aufgesetzt hatte, das Gesicht nicht erkennen konnte. Als sie aus der Haustüre trat, wandte sie sich um und sah zu mir herauf. – Ludwig! – es war die Sängerin! – es war das Traumbild – der Blick des himmlischen Auges fiel auf mich, und es war mir, als träfe der Strahl eines Kristalltons meine Brust wie ein glühender Dolchstich, daß ich den Schmerz physisch fühlte, daß alle meine Fibern und Nerven erbebten und ich vor unnennbarer Wonne erstarrte – Schnell war sie im Wagen – der Postillion blies wie im jubelnden Hohn ein munteres Stückchen. – Im Augenblick waren sie um die Straßenecke verschwunden. Wie ein Träumender blieb ich im Fenster, die Kurländer traten ins Zimmer, mich zu einer verabredeten Lustfahrt hinabzuholen das Bild

– ich sprach kein Wort – man hielt mich für krank – wie hätte ich auch nur das mindeste davon äußern können, was geschehen! Ich unterließ es, mich nach den Fremden, die neben mir gewohnt, im Hause zu erkundigen, denn es war, als entweihe jedes Wort andrer Lippen, das sich auf die Herrliche bezöge das zarte Geheimnis meines Herzens. Getreulich wollte ich es fortan in mir tragen und nie mehr lassen von *der*, die nun die Ewiggeliebte meiner Seele worden, sollte ich sie auch nimmer wieder schauen. Du, mein Herzensfreund! erkennst wohl ganz den Zustand, in den ich mich versetzt fühlte; du tadelst mich daher nicht, daß ich alles und jedes vernachlässigte, mir auch nur eine Spur von der unbekannten Geliebten zu verschaffen. Die lustige Gesellschaft der Kurländer wurde mir in meiner Stimmung höchst zuwider, ehe sie sich's versahen, war ich in einer Nacht auf und davon, und eilte nach B., meiner damaligen Bestimmung zu folgen. Du weißt, daß ich schon seit früher Zeit ziemlich gut zeichnete; in B. legte ich mich unter der Anleitung geschickter Meister auf das Miniaturmalen und brachte es in kurzer Zeit so weit, daß ich den einzigen mir vorgesteckten Zweck, nämlich das höchst ähnliche Bild der Unbekannten würdig zu malen, erfüllen konnte. Heimlich, bei verschlossenen Türen, malte ich das Bild. Kein menschliches Auge hat es jemals gesehen, denn ein anderes Bild gleicher Größe ließ ich fassen, und setzte mit Mühe dann selbst das Bild der Geliebten ein, das ich seit der Zeit auf bloßer Brust trug.

Zum erstenmal in meinem Leben habe ich heute von dem höchsten Moment meines Lebens gesprochen, und du Ludwig! bist der einzige, dem ich mein Geheimnis vertraut! – Aber auch heute ist eine fremde Macht feindselig in mein Inneres gedrungen! – Als ich zu dem Türken hintrat, fragte ich, der

Geliebten meines Herzens denkend: ›Werde ich künftig noch einen Moment erleben, der dem gleicht, wo ich am glücklichsten war?‹ Der Türke wollte, wie du bemerkt haben wirst, durchaus nicht antworten; endlich, als ich nicht nachließ, sprach er: ›Die Augen schauen in deine Brust, aber das spiegelblanke Gold, das mir zugewendet, verwirrt meinen Blick – wende das Bild um!‹ – Habe ich denn Worte für das Gefühl, das mich durchbebte? – Dir wird meine innre Bewegung nicht entgangen sein. Das Bild lag wirklich so auf meiner Brust, wie es der Türke angegeben; ich wandte es unbemerkt um, und wiederholte meine Frage, da sprach die Figur im düstern Ton: ›Unglücklicher! in dem Augenblick, wenn du sie wiedersiehst, hast du sie verloren!‹«

Eben wollte Ludwig es versuchen, den Freund, der in tiefes Nachdenken versunken war, mit tröstenden Worten aufzurichten, als sie durch mehrere Bekannte, die auf sie zuschritten, unterbrochen wurden.

Schon hatte sich das Gerücht von der neuen mysteriösen Antwort, die der weise Türke erteilte, in der Stadt verbreitet, und man erschöpfte sich in Vermutungen, was für eine unglückliche Prophezeiung wohl den vorurteilsfreien Ferdinand so aufgeregt haben könne; man bestürmte die Freunde mit Fragen, und Ludwig wurde genötigt, um seinen Freund aus dem Gedränge zu retten, ein abenteuerliches Geschichtchen aufzutischen, das desto mehr Eingang fand, je weiter es sich von der Wahrheit entfernte. Dieselbe Gesellschaft, in welcher Ferdinand angeregt wurde, den wunderbaren Türken zu besuchen, pflegte sich wöchentlich zu versammeln, und auch in der nächsten Zusammenkunft kam wieder der Türke um so mehr an die Reihe, als man sich immer noch bemühte, recht viel von Ferdinand selbst über ein Abenteuer zu hören, das ihn in die düstre Stimmung versetzt hatte, welche er vergebens zu verbergen suchte. Ludwig fühlte es nur zu lebhaft, wie sein Freund im Innersten erschüttert sein mußte, als er das tief in der Brust treu bewahrte Geheimnis einer fantastischen Liebe von einer fremden grauenvollen Macht durchschaut sah, und auch er war ebensogut wie Ferdinand fest überzeugt, daß dem das Geheimste durchdringenden Blick jener Macht auch wohl der mysteriöse Zusammenhang, vermöge dessen sich das Zukünftige dem Gegenwärtigen anreiht, offenbar sein könne. Ludwig mußte an den Spruch des Orakels glauben, aber das feindselige schonungslose Verraten des bösen Verhängnisses, das dem Freunde drohte, brachte ihn gegen das versteckte Wesen, das sich durch den Türken vernehmen ließ, auf. Er bildete daher standhaft gegen die zahlreichen Bewunderer des Kunstwerks die Opposition, und behauptete, als jemand bemerkte, in den natürlichen Bewegungen des Automats liege etwas ganz besonders Imposantes, wodurch der Eindruck der orakelmäßigen Antworten erhöht werde, gerade das Augenverdrehen und Kopfwenden des ehrbaren Türken habe für ihn was unbeschreiblich Possierliches gehabt, weshalb er auch durch ein Bonmot, das ihm entschlüpft, den Künstler und auch vielleicht das unsichtbar wirkende Wesen in üblen Humor versetzt, welchen letzteres auch durch eine Menge schaler, nichts bedeutender Antworten an den Tag gelegt. »Ich muß gestehen«, fuhr Ludwig fort, »daß die Figur gleich beim Eintreten mich lebhaft an einen überaus zierlichen künstlichen Nußknacker erinnerte, den mir einst, als ich noch ein kleiner Knabe war, ein Vetter zum Weihnachten verehrte. Der kleine Mann hatte ein überaus ernsthaft komisches Gesicht und verdrehte jedesmal mittelst einer innern Vorrichtung die großen aus dem Kopfe herausstehenden Augen, wenn er eine harte Nuß knackte, was denn so etwas possierlich Lebendiges in die ganze Figur brachte,

Danzige Marionetten

daß ich stundenlang damit spielen konnte, und der Zwerg mir unter den Händen zum wahren Alräunchen wurde. Alle noch so vollkommne Marionetten waren mir nachher steif und leblos gegen meinen herrlichen Nußknacker. Von den höchst wunderbaren Automaten im Danziger Arsenal war mir gar viel erzählt worden, und vorzüglich deshalb unterließ ich nicht hineinzugehen, als ich mich gerade vor einigen Jahren in Danzig befand. Bald nachdem ich in den Saal getreten, schritt ein altdeutscher Soldat keck auf mich los und feuerte seine Büchse ab, daß es durch die weiten Gewölbe recht derb knallte – noch mehrere Spielereien der Art, die ich in der Tat wieder vergessen, überraschten hin und wieder, aber endlich führte man mich in den Saal in welchem der Gott des Krieges, der furchtbare Mavors, sich mit seiner ganzen Hofhaltung befand. – Mars selbst saß in ziemlich grotesker Kleidung auf einem mit Wagen aller Art geschmückten Thron, von Trabanten und Kriegern umgeben. Sobald wir vor den Thron getreten, fingen ein paar Trommelschläger an, auf ihren Trommeln zu wirbeln, und Pfeifer bliesen dazu ganz erschrecklich, daß man sich vor dem kakophonischen Getöse hätte die Ohren zuhalten mögen. Ich bemerkte, daß der Gott des Krieges eine durchaus schlechte, seiner Majestät unwürdige Kapelle habe, und man gab mir recht. – Endlich hörte das Trommeln und Pfeifen auf – da fingen an die Trabanten die Köpfe zu drehen und mit den Hellebarden zu stampfen, bis der Gott des Krieges, nachdem er auch mehrmals die Augen verdreht, von seinem Sitz aufsprang und keck auf uns zuschreiten zu wollen schien. Bald aber warf er sich wieder in seinen Thron, und es wurde noch etwas getrommelt und gepfiffen, bis alles wieder in die alte hölzerne Ruhe zurückkehrte. Als ich denn nun alle diese Automate geschaut, sagte ich im Herausgehen zu mir selbst:

›Mein Nußknacker war mir doch lieber‹, und jetzt, meine Herren! nachdem ich den weisen Türken geschaut, sage ich abermals: ›Mein Nußknacker war mir doch lieber!‹ – Man lachte sehr, meinte aber einstimmig, daß Ludwigs Ansicht von der Sache mehr lustig sei als wahr, denn abgesehen von dem seltenen Geist, der doch mehrenteils in den Antworten des Automats liege, sei doch auch die durchaus nicht zu entdeckende Verbindung des verborgenen Wesens mit dem Türken, das nicht allein durch ihn rede, sondern auch seine von den Fragen motivierte Bewegungen veranlassen müßte, höchst wunderbar und in jedem Fall ein Meisterwerk der Mechanik und Akustik.

Dies mußte nun wohl selbst Ludwig eingestehen, und man pries allgemein den fremden Künstler. Da stand ein ältlicher Mann, der in der Regel wenig sprach, und sich auch dieses Mal noch gar nicht ins Gespräch gemischt hatte, vom Stuhl auf, wie er zu tun pflegte, wenn er auch endlich ein paar Worte, die aber jedesmal ganz zur Sache gehörten, anbringen wollte, und fing nach seiner höflichen Weise an: »Wollen Sie gütigst erlauben – ich bitte gehorsamst, meine Herren! – Sie rühmen mit Recht das seltene Kunstwerk, das nun schon so lange uns anzuziehen weiß; mit Unrecht nennen Sie aber den ordinären Mann, der es zeigt, den Künstler, da er an allem dem, was in der Tat an dem Werk vortrefflich ist, gar keinen Anteil hat, selbiges vielmehr von einem in allen Künsten der Art gar tief erfahrnen Mann herrührt, der sich stets und schon seit vielen Jahren in unsern Mauern befindet, und den wir alle kennen und höchlich verehren.« Man geriet in Erstaunen, man stürmte mit Fragen auf den Alten ein, der also fortfuhr: »Ich meine niemanden anders, als den Professor X. – Der Türke war schon zwei Tage hier, ohne daß jemand sonderlich Notiz von ihm genommen hätte, der Professor X. dagegen unterließ nicht, bald hinzugeben, da ihn alles, was nur Automat heißt, auf das höchste interessiert. Kaum hatte er aber von dem Türken ein paar Antworten erhalten, als er den Künstler beiseite zog, und ihm einige Worte ins Ohr sagte. Dieser erblaßte und verschloß das Zimmer, als es von den wenigen Neugierigen, die sich eingefunden, verlassen war; die Anschlagzettel verschwanden von den Straßenecken und man hörte nichts mehr von dem weisen Türken, bis nach vierzehn Tagen eine neue Ankündigung erschien, und man den Türken mit dem neuen schönen Haupte und die ganze Einrichtung, so wie sie jetzt als ein unauflösliches Rätsel besteht, wiederfand. Seit der Zeit sind auch die Antworten so geistreich und bedeutungsvoll. Daß aber dies alles das Werk des Professor X. ist, unterliegt gar keinem Zweifel, da der Künstler in der Zwischenzeit, als er sein Automat nicht zeigte, täglich bei ihm war, und auch, wie man gewiß weiß, der Professor mehrere Tage hintereinander sich in dem Zimmer des Hotels befand, wo die Figur aufgestellt und noch jetzt steht. Ihnen wird übrigens, meine Herren! doch bekannt sein, daß der Professor selbst sich in dem Besitz der herrlichsten, vorzüglich aber musikalischer Automate befindet, daß er seit langer Zeit mit dem Hofrat B–, mit dem er ununterbrochen über allerlei mechanische und auch wohl magische Künste korrespondiert, darin wetteifert, und daß es nur an ihm liegt, die Welt in das höchste Erstaunen zu setzen? Aber er arbeitet und schafft im Verborgenen, wiewohl er jedem, der wahre Lust und wahres Belieben daran findet, seine seltenen Kunstwerke gar gern zeigt.«

Man wußte zwar, daß der Professor X., dessen Hauptwissenschaften Physik und Chemie waren, nächstdem sich auch gern mit mechanischen Kunstwerken beschäftigte, kein einziger von der Gesellschaft hatte aber seinen Einfluß auf den weisen Türken geahnet, und nur von Hörensagen kannte man das Kunstkabinett, von dem der Alte gesprochen. Ferdinand und Ludwig fühlten sich durch des Alten Bericht über den Professor X. und über sein Einwirken auf das fremde Automat gar seltsam angeregt.

»Ich kann dir's nicht verhehlen«, sagte Ferdinand, »mir dämmert eine Hoffnung auf, vielleicht die Spur des Geheimnisses zu finden, das mich jetzt so grauenvoll befängt, wenn ich dem Professor X. näher trete. Ja es ist möglich, daß die Ahnung des wunderbaren Zusammenhanges, in dem der Türke, oder vielmehr die versteckte Person die ihn zum Organ ihrer Orakelsprüche braucht, mit meinem Ich steht, mich vielleicht tröstet, und den Eindruck jener für mich schrecklichen Worte entkräftet. Ich bin entschlossen, unter dem Vorwande, seine Automate zu sehen, die nähere Bekanntschaft des mysteriösen Mannes zu machen, und da seine Kunstwerke, wie wir hörten, musikalisch sind, wird es für dich nicht ohne Interesse sein, mich zu begleiten.«

»Als wenn«, erwiderte Ludwig, »es nicht für mich genug wäre, daß ich in *deiner* Angelegenheit dir beistehen soll mit Rat und Tat! – Daß mir aber eben heute, als der Alte von der Einwirkung des Professors X. auf die Maschine sprach, ganz besondere Ideen durch den Kopf gegangen sind, kann ich nicht leugnen, wiewohl es möglich ist, daß ich das auf entlegenem Wege suche, was vielleicht uns ganz nahe liegt. – Ist es nämlich, um eben die Auflösung des Rätsels ganz nahe zu suchen, nicht denkbar, daß die unsichtbare Person wußte, daß du ein Bild auf der Brust trägst, und konnte nicht eine glückliche Kombination sie gerade wenigstens das scheinbar Richtige treffen lassen? Vielleicht rächte sie durch die unglückliche

Weissagung sich an uns des Mutwillens wegen, in dem wir die Weisheit des Türken höhnten.«

»Keine menschliche Seele«, erwiderte Ferdinand, »hat, wie ich dir schon vorhin sagte, das Bildnis gesehen, niemanden habe ich jemals jenen auf mein ganzes Leben einwirkenden Vorfall erzählt – auf gewöhnliche Weise kann der Türke unmöglich von dem allen unterrichtet worden sein! – vielleicht nähert sich das, was du auf entlegenem Wege suchst, weit mehr der Wahrheit!«

»So meine ich denn nun«, sagte Ludwig: »daß unser Automat, sosehr ich heute auch das Gegenteil zu behaupten schien, wirklich zu den merkwürdigsten Erscheinungen gehört, die man jemals sah, und alles beweiset, daß dem, der als Dirigent über dem ganzen Kunstwerke schwebt, tiefere Kenntnisse zu Gebote stehen, als die wohl glauben, welche nur so etwas leichtsinnig begaffen, und sich über das Wunderbare nur wundern. Die Figur ist nichts weiter als die Form der Mitteilung, aber es ist nicht zu leugnen, daß diese Form geschickt gewählt ist, da das ganze Ansehen und auch die Bewegungen des Automats dazu geeignet sind, die Aufmerksamkeit zugunsten des Geheimnisses zu fesseln, und vorzüglich den Fragenden auf gewisse Weise nach dem Zweck des antwortenden Wesens zu spannen. In der Figur kann kein menschliches Wesen stecken, das ist so gut als erwiesen, daß wir daher die Antworten aus dem Munde des Türken zu empfangen glauben, beruht sicherlich auf einer akustischen Täuschung; wie dies bewerkstelligt ist, wie die Person, welche antwortet, in den Stand gesetzt wird, die Fragenden zu sehen, zu vernehmen und sich ihnen wieder verständlich zu machen, ist und bleibt mir freilich ein Rätsel; allein es setzt nur gute akustische und mechanische

Kenntnisse und einen vorzüglichen Scharfsinn oder auch vielleicht besser gesagt eine konsequente Schlauheit des Künstlers voraus, der kein Mittel unbeachtet ließ, uns zu täuschen, und ich muß gestehen, daß mich die Auflösung *dieses* Geheimnisses weniger interessiert, als es von dem nur allein höchst merkwürdigen Umstande überwogen wird, daß der Türke oft die Seele des Fragenden zu durchschauen, ja, wie du schon, noch ehe es dir selbst bewiesen wurde, bemerktest, in die tiefste Tiefe des Gemüts zu dringen scheint. Wie wenn es dem antwortenden Wesen möglich wäre, sich durch uns unbekannte Mittel einen psychischen Einfluß auf uns zu verschaffen, ja sich mit uns in einen solchen geistigen Rapport zu setzen, daß es unsere Gemütsstimmung, ja unser ganzes inneres Wesen in sich auffaßt, und so, wenn auch nicht das in uns ruhende Geheimnis deutlich ausspricht, doch wie in einer Ekstase, die eben der Rapport mit dem fremden geistigen Prinzip erzeugte, die Andeutungen alles dessen, was in unserer eigenen Brust ruht, wie es hell erleuchtet dem Auge des Geistes offenbar wird, hervorruft. Es ist die psychische Macht, die die Saiten in unserm Innern, welche sonst nur durcheinander rauschten, anschlägt, daß sie vibrieren und ertönen, und wir den reinen Akkord deutlich vernehmen; so sind wir aber es selbst, die wir uns die Antworten erteilen, indem wir die innere Stimme durch ein fremdes geistiges Prinzip geweckt außer uns verständlicher vernehmen und verworrene Ahndungen, in Form und Weise des Gedankens festgebannt, nun zu deutlichen Sprüchen werden; so wie uns oft im Traum eine fremde Stimme über Dinge belehrt, die wir gar nicht wußten, oder über die wir wenigstens in Zweifel waren, unerachtet die Stimme, welche uns fremdes Wissen zuzuführen scheint, doch nur aus unserm eignen Innern kommt und sich in verständlichen Worten ausspricht. – Daß der Türke, worunter ich natürlich jenes versteckte geistige Wesen verstehe, sehr selten nötig haben wird, sich mit dem Fragenden in jenen psychischen Rapport zu setzen, versteht sich wohl von selbst. Hundert Fragende werden ebenso oberflächlich abgefertigt, als es ihre Individualität verdient, und oft genügt ein witziger Einfall, dem der natürliche Scharfsinn oder die geistige Lebendigkeit des antwortenden Wesens die treffende Spitze gibt, wo von irgendeiner Tiefe, in der die Frage aufzufassen ist, nicht die Rede sein kann. Irgendeine exaltierte Gemütsstimmung des Fragenden wird den Türken augenblicklich auf ganz andere Weise ansprechen und dann wendet er die Mittel an, die es ihm möglich machen, den psychischen Rapport hervorzubringen, der ihm die Macht gibt, aus dem tiefsten Innern des Fragenden selbst zu antworten. Die Weigerung des Türken, auf solche tief gestellte Fragen gleich zu antworten, ist vielleicht nur der Aufschub, den er sich gönnt, um für die Anwendung jener geheimnisvollen Mittel Momente zu gewinnen. Dies ist meine innige Herzensmeinung, und du siehst, daß mir das Kunstwerk nicht so verächtlich ist, als ich es euch heute glauben machen wollte – vielleicht nehme ich die Sache zu ernst! – Doch mochte ich dir nichts verhehlen, wiewohl ich einsehe, daß wenn du in meine Idee eingehst, ich dir gerade nichts zur innern Beruhigung gesagt habe!«

»Du irrst, mein geliebter Freund«, erwiderte Ferdinand: »gerade, daß deine Ideen ganz mit dem übereinstimmen, was mir gleich dunkel vor der Seele lag, beruhigte mich auf eine wunderbare Weise; ich habe es mit mir selbst allein zu tun, mein liebes Geheimnis blieb unentweiht, denn mein Freund wird es treulich bewahren; wie ein anvertrautes Heiligtum. Doch muß ich jetzt noch eines ganz besondern Umstandes erwähnen, dessen ich bisher noch nicht gedachte. Als der Türke die verhängnisvollen Worte sprach, war es mir, als hörte ich die tiefklagende Melodie: *Mio ben ricordati s'avvien ch'io mora* in einzeln abgebrochenen Lauten – und dann war es wieder als schwebe nur *ein* langgehaltener Ton der göttlichen Stimme, die ich in jener Nacht hörte, an mir vorüber.«

»So mag ich es dir auch nicht verschweigen«, sagte Ludwig: »daß ich, als du gerade die leise Antwort erhieltest, zufällig die Hand auf das Geländer, welches das Kunstwerk umschließt, gelegt hatte; es dröhnte fühlbar in meiner Hand und auch mir war es als gleite ein musikalischer Ton, Gesang kann ich es nicht nennen, durchs Zimmer. Ich achtete nicht sonderlich darauf, weil, wie du weißt, immer meine ganze Fantasie von Musik erfüllt ist, und ich deshalb schon auf die wunderlichste Weise getäuscht worden bin; nicht wenig erstaunte ich aber im Innern als ich den mysteriösen Zusammenhang jenes tiefklagenden Tons mit der verhängnisvollen Begebenheit in D., die deine Frage an den Türken veranlaßte, erfuhr.«

Ferdinand hielt es nur für einen Beweis des psychischen Rapports mit seinem geliebten Freunde, daß auch *dieser* den Ton gehört hatte, und als sie noch tiefer eingingen in die Geheimnisse der psychischen Beziehungen verwandter geistiger Prinzipe, als immer lebendiger wunderbare Resultate sich erzeugten, da war es ihm endlich, als sei die schwere Last, die seit jenem Augenblick, als er die Antwort erhalten, seine Brust gedrückt, ihm wieder entnommen; er fühlte sich ermutigt, jedem Verhängnis keck entgegenzutreten. »Kann ich sie denn verlieren«, sagte er: »sie, die ewig in meinem Innern waltet, und so eine intensive Existenz behauptet, die nur mit meinem Sein untergeht?«

Voller Hoffnung, über manche jener Vermutungen, die für beide die größte innere Wahrheit hatten, näheren Aufschluß zu erhalten, gingen sie zum Professor X. Sie fanden an ihm einen hochbejahrten, altfränkisch gekleideten Mann muntern Ansehens, dessen kleine graue Augen unangenehm stechend blickten, und um dessen Mund ein sarkastisches Lächeln schwebte, das eben nicht anzog.

Als sie den Wunsch äußerten, seine Automate zu sehen, sagte er: »Ei! sind Sie doch auch wohl Liebhaber von mechanischen Kunstwerken, vielleicht selbst Kunstdilettanten? Nun Sie finden bei mir was Sie in ganz Europa, ja in der ganzen bekannten Welt vergebens suchen.« Des Professors Stimme hatte etwas höchst Widriges, es war ein hoher kreischender dissonierender Tenor, der gerade zu der marktschreierischen Art paßte, womit er seine Kunstwerke ankündigte. Er holte mit vielem Geräusch die Schlüssel und öffnete den geschmackvoll, ja prächtig verzierten Saal, in welchem die Kunstwerke sich befanden. In der Mitte stand auf einer Erhöhung ein großer Flügel, neben demselben rechts eine lebensgroße männliche Figur mit einer Flöte in der Hand, links saß eine weibliche Figur vor einem klavierähnlichen Instrumente, hinter derselben zwei Knaben mit einer großen Trommel und einem Triangel. Im Hintergrunde erblickten die Freunde das ihnen schon bekannte Orchestrion und rings an den Wänden umher mehrere Spieluhren. Der Professor ging nur flüchtig an dem Orchestrion und den Spieluhren vorüber, und berührte kaum merklich die Automate; dann setzte er sich aber an den Flügel und fing pianissimo ein marschmäßiges Andante an; bei der Reprise setzte der Flötenbläser die Flöte an den Mund und spielte das Thema, nun paukte der Knabe richtig im Takte ganz leise auf der Trommel, indem der andere einen Triangel kaum hörbar berührte. Bald darauf fiel das Frauenzimmer mit vollgriffigen Akkorden ein, indem sie durch das Niederdrücken der Tasten einen harmonikaähnlichen Ton hervorbrachte! Aber nun wurde es immer reger und lebendiger im ganzen Saal, die Spieluhren fielen nacheinander mit der größten rhythmischen Genauigkeit ein, der Knabe schlug immer stärker seine Trommel, der Triangel gellte durch das Zimmer und zuletzt trompetete und paukte das Orchestrion im Fortissimo dazu, daß alles zitterte und bebte, bis der Professor mit seinen Maschinen auf einen Schlag im Schlußakkord endete. Die Freunde zollten dem Professor den Beifall, den sein schlau und zufrieden lächelnder Blick zu begehren schien; er war im Begriff noch mehr musikalische Produktionen der Art vorzubereiten, indem er sich den Automaten näherte, aber die Freunde, als hätten sie sich vorher dazu verabredet, schützten einstimmig ein dringendes Geschäft vor, das ihnen nicht erlaube länger zu verweilen und verließen den Mechaniker und seine Maschinen. »Nun, war das nicht alles überaus künstlich und schön?« frug Ferdinand, aber Ludwig brach los wie im lange verhaltenen Zorn: »Ei daß den verdammten Professor der – ei wie sind wir doch so bitter getäuscht worden! wo sind die Aufschlüsse, nach denen wir trachteten, wie blieb es mit der lehrreichen Unterhaltung, in der uns der weise Professor erleuchten sollte, wie die Lehrlinge zu Sais?« »Dafür«, sagte Ferdinand, »haben wir aber in der Tat merkwürdige mechanische Kunstwerke gesehen; auch in musikalischer Hinsicht! Der Flötenbläser ist offenbar die berühmte Vaucansonsche Maschine, und derselbe Mechanismus rücksichtlich der Fingerbewegung auch bei der weiblichen Figur angewendet, die auf ihrem Instrumente recht wohllautende Töne hervorbringt: die Verbindung der Maschinen ist wunderbar.« »Das alles ist es eben«, fiel Ludwig ein, »was mich ganz toll machte! ich bin von all der Maschinenmusik, wozu ich auch des Professors Spiel auf dem Flügel rechne, ordentlich durchgewalkt und durchgeknetet, daß ich es in allen Gliedern fühle und lange nicht verwinden werde.

Schon die Verbindung des Menschen mit toten das Menschliche in Bildung und Bewegung nachäffenden Figuren zu gleichem Tun und Treiben hat für mich etwas Drückendes, Unheimliches, ja Entsetzliches. Ich kann mir es denken, daß es möglich sein müßte, Figuren vermöge eines im Innern verborgenen Getriebes gar künstlich und behende tanzen zu lassen, auch müßten diese mit Menschen gemeinschaftlich einen Tanz aufführen und sich in allerlei Touren wenden und drehen, so daß der lebendige Tänzer die tote hölzerne Tänzerin faßte und sich mit ihr schwenkte, würdest du den Anblick ohne inneres Grauen eine Minute lang ertragen? Aber vollends die Maschinenmusik ist für mich etwas Heilloses und Greuliches, und eine gute Strumpfmaschine übertrifft nach meiner Meinung an wahrem Wert himmelweit die vollkommenste prächtigste Spieluhr.

Ist es denn nur allein der aus dem Munde strömende Hauch, der dem Blasinstrumente, sind es nur allein die gelenkigen geschmeidigen Finger, die dem Saiteninstrumente Töne entlocken, welche uns mit mächtigen Zauber ergreifen, ja in uns die unbekannten unaussprechlichen Gefühle erregen, welche mit nichts Irdischem hienieden verwandt, die Ahndungen eines fernen Geisterreichs und unsers höhern Seins in demselben hervorrufen? Ist es nicht vielmehr das Gemüt, welches sich nur jener physischen Organe bedient, um das, was in seiner tiefsten Tiefe erklungen, in das rege Leben zu bringen, daß es andern vernehmbar ertönt und die gleichen Anklänge im Innern erweckt, welche dann im harmonischen Widerhall dem

Geist das wundervolle Reich erschließen, aus dem jene Töne wie entzündende Strahlen hervordrangen? Durch Ventile, Springfedern, Hebel, Walzen und was noch alles zu dem mechanischen Apparat gehören mag, musikalisch wirken zu wollen, ist der unsinnige Versuch, die Mittel allein das vollbringen zu lassen, was sie nur durch die innere Kraft des Gemüts belebt und von derselben in ihrer geringsten Bewegung geregelt ausführen können. Der größte Vorwurf, den man dem Musiker macht, ist, daß er ohne Ausdruck spiele, da er dadurch eben dem eigentlichen Wesen der Musik schadet, oder vielmehr in der Musik die Musik vernichtet, und doch wird der geist- und empfindungsloseste Spieler noch immer mehr leisten als die vollkommenste Maschine, da es nicht denkbar ist, daß nicht irgend einmal eine augenblickliche Anregung aus dem Innern auf sein Spiel wirken sollte, welches natürlicherweise bei der Maschine nie der Fall sein kann.

Das Streben der Mechaniker, immer mehr und mehr die menschlichen Organe zum Hervorbringen musikalischer Töne nachzuahmen, oder durch mechanische Mittel zu ersetzen, ist mir der erklärte Krieg gegen das geistige Prinzip, dessen Macht nur noch glänzender siegt, je mehr scheinbare Kräfte ihm entgegengesetzt werden; eben darum ist mir gerade die nach mechanischen Begriffen vollkommenste Maschine der Art eben die verächtlichste, und eine einfache Drehorgel, die im Mechanischen nur das Mechanische bezweckt, immer noch lieber als der Vaucansonsche Flötenbläser und die Harmonikaspielerin.«

»Ich muß dir ganz beistimmen«, sagte Ferdinand: »denn du hast nur in Worten deutlich ausgesprochen, was ich längst und vorzüglich heute bei dem Professor im Innern lebhaft gefühlt. Ohne so ganz in der Musik zu leben und zu weben wie du und ohne daher für alle Mißgriffe so gar empfindlich zu sein, ist mir doch das Tote Starre der Maschinenmusik von jeher zuwider gewesen und ich erinnre mich noch, daß schon als Kind in dem Hause meines Vaters mir eine große Harfenuhr, welche stündlich ihr Stückchen abspielte, ein recht quälendes Mißbehagen erregte. Es ist schade, daß recht geschickte Mechaniker ihre Kunst dieser widrigen Spielerei, und nicht vielmehr der Vervollkommnung der musikalischen Instrumente zuwenden.« »Das ist wahr«, erwiderte Ludwig: »vorzüglich rücksichtlich der Tasteninstrumente wäre noch manches zu tun, denn gerade diese öffnen dem geschickten Mechaniker ein weites Feld, und wirklich ist es zu bewundern, wie weit z. B. der Flügel, in seiner Struktur, die auf Ton und Behandlungsart den entschiedensten Einfluß hat, vorgerückt ist.

Sollte es aber nicht die höhere musikalische Mechanik sein, welche die eigentümlichsten Laute der Natur belauscht, welche die in den heterogensten Körpern wohnende Töne erforscht und welche dann diese geheimnisvolle Musik in irgendein Organon festzubannen strebt, das sich dem Willen des Menschen fügt und in seiner Berührung erklingt. Alle Versuche, aus metallenen, gläsernen Zylindern, Glasfäden, Glas, ja Marmorstreifen Töne zu ziehen oder Saiten auf ganz andere als die gewöhnliche Weise vibrieren und ertönen zu lassen, scheinen mir daher im höchsten Grade beachtenswert, und dem weitern Vorschreiten dieses Bestrebens in die tiefen akustischen Geheimnisse, wie sie überall in der Natur verborgen, zu dringen, steht es nur im Wege, daß jeder mangelhafte Versuch gleich der Ostentation oder des Geldgewinns wegen, als eine neue schon zur Vollkommenheit gediehene Erfindung angepriesen und vorgezeigt wird. Hierin liegt es, daß in kurzer Zeit so viele neue Instrumente zum Teil unter seltsamen oder prunkenden Namen entstanden und ebenso schnell wieder verschwunden und in Vergessenheit geraten sind.« »Deine höhere musikalische Mechanik«, sagte Ferdinand, »ist allerdings sehr interessant, wiewohl ich mir eigentlich nicht die Spitze oder das Ziel jener Bestrebungen denken kann.«

»Dies ist kein anderes«, erwiderte Ludwig, »als die Auffindung des vollkommensten Tons; ich halte aber den musikalischen Ton für desto vollkommner, je näher er den geheimnisvollen Lauten der Natur verwandt ist, die noch nicht ganz von der Erde gewichen.« »Mag es sein«, sagte Ferdinand, »daß ich nicht so wie du in diese Geheimnisse eingedrungen, aber ich gestehe, daß ich dich nicht ganz fasse.« »Laß mich es wenigstens andeuten«, fuhr Ludwig fort, »wie mir das alles so in Sinn und Gedanken liegt.

In jener Urzeit des menschlichen Geschlechts, als es, um mich ganz der Worte eines geistreichen Schriftstellers zu bedienen (Schubert in den Ansichten von der Nachtseite der Naturwissenschaft) in der ersten heiligen Harmonie mit der Natur lebte, erfüllt von dem göttlichen Instinkt der Weissagung und Dichtkunst, als der Geist des Menschen nicht die Natur, sondern diese den Geist des Menschen erfaßte, und die Mutter das wunderbare Wesen, das sie geboren, noch aus der Tiefe ihres Daseins nährte, da umfing sie den Menschen wie im Wehen einer ewigen Begeisterung mit heiliger Musik, und wundervolle Laute verkündeten die Geheimnisse ihres ewigen Treibens. Ein Nachhall aus der geheimnisvollen Tiefe dieser Urzeit ist die herrliche Sage von der Sphärenmusik, welche mich schon als Knabe, als ich in Scipios Traum zum erstenmal davon las, mit inbrünstiger Andacht erfüllte, so daß ich oft in stillen mondhellen Nächten lauschte, ob nicht im Säuseln des Windes jene wunderbaren Töne erklingen würden. Aber noch sind jene vernehmlichen Laute der Natur, wie ich schon vorhin sagte, nicht von der Erde gewichen, denn nichts anders ist jene Luftmusik oder Teufelsstimme auf Ceylon, deren eben jener Schriftsteller erwähnt, und die eine so tiefe Wirkung auf das menschliche Gemüt äußert, daß selbst die ruhigsten Beobachter sich eines tiefen Entsetzens, eines zerschneidenden Mitleids mit jenen den menschlichen Jammer so entsetzlich nachahmenden Naturtönen nicht erwehren können. Ja ich habe selbst in früherer Zeit eine ganz ähnliche Naturerscheinung, und zwar in der Nähe des Kurischen Haffs in Ostpreußen erlebt. Es war im tiefen Herbst, als ich mich einige Zeit auf einem dort gelegenen Landgute aufhielt, und in stillen Nächten bei mäßigem Winde deutlich lang gehaltene Töne hörte, die bald gleich einer tiefen gedämpften Orgelpfeife, bald gleich einer vibrierenden dumpfen Glocke erklangen. Oft konnte ich genau das tiefe *F* mit der anschlagenden Quinte *C* unterscheiden, oft erklang sogar die kleine Terz *Es*, so daß der schneidende Septimenakkord in den Tönen der tiefsten Klage meine Brust mit einer das Innerste durchdringenden Wehmut, ja mit Entsetzen erfüllte.

In dem unvermerkten Entstehen, Anschwellen und Verschweben jener Naturlaute liegt etwas, das unser Gemüt unwiderstehlich ergreift, und das Instrument, dem dies zu Gebote steht, wird in eben dem Grade auf uns wirken müssen; mir scheint daher, daß die Harmonika rücksichtlich des Tons sich gewiß jener Vollkommenheit, die ihren Maßstab in der Wirkung auf unser Gemüt findet, am mehrsten nähert, und es ist eben schön, daß gerade dieses Instrument, welches jene Naturlaute so glücklich nachahmt und auf unser Inneres in den tiefsten Beziehungen so wunderbar wirkt, sich dem Leichtsinn und der schalen Ostentation durchaus nicht hingibt, sondern nur in der heiligen Einfachheit ihr eigentümliches Wesen behauptet. Recht viel in dieser Hinsicht wird auch gewiß das neuerfundene sogenannte Harmonichord leisten, welches statt der Glocken, mittelst einer geheimen Mechanik, die durch den Druck der Tasten und den Umschwung einer Walze in Bewegung gesetzt wird, Saiten vibrieren und ertönen läßt. Der Spieler hat das Entstehen, Anschwellen, Verschweben des Tons beinahe noch mehr in der Gewalt, als bei der Harmonika, und nur den wie aus einer andern Welt herabgekommenen Ton dieses Instruments hat das Harmonichord noch nicht im mindesten erreicht.« »Ich habe dies Instrument gehört«, sagte Ferdinand, »und muß gestehen, daß sein Ton recht in mein Inneres gedrungen, wiewohl es, nach meiner Einsicht, von dem Künstler selbst nicht eben vorteilhaft behandelt wurde. Übrigens fasse ich dich ganz, wiewohl mir die enge Beziehung jener Naturlaute, von denen du sprichst, mit der Musik, die wir durch Instrumente hervorbringen, noch nicht deutlich einleuchtet.« »Kann denn«, erwiderte Ludwig, »die Musik, die in unserm Innern wohnt, eine andere sein als die, welche in der Natur wie ein tiefes, nur dem höhern Sinn erforschliches Geheimnis verborgen, und die durch das Organ der Instrumente nur wie im Zwange eines mächtigen Zaubers, dessen wir Herr worden, ertönt? Aber im reinpsychischen Wirken des Geistes, im Traume ist der Bann gelöst, und wir hören selbst im Konzert bekannter Instrumente jene Naturlaute, wie sie wunderbar, in der Luft erzeugt, auf uns niederschweben, anschwellen und verhallen.« »Ich denke an die Äolsharfe«, unterbrach Ferdinand den Freund; »was hältst du von dieser sinnigen Erfindung?« »Die Versuche«, erwiderte Ludwig, »der Natur Töne zu entlocken, sind allerdings herrlich und höchst beachtenswert, nur scheint es mir, daß man ihr bis jetzt nur ein kleinliches Spielzeug darbot, das sie mehrenteils wie in gerechtem

Unmute zerbrach. Viel größer in der Idee, als alle die Äolsharfen, die nur als musikalische Ableiter der Zugluft zum kindischen Spielwerk geworden, ist die Wetterharfe, von der ich einmal gelesen. Dicke in beträchtlicher Weite im Freien ausgespannte Drähte wurden von der Luft in Vibration gesetzt, und ertönten in mächtigem Klange.

Überhaupt bleibt hier dem sinnigen, von höherem Geiste beseelten Physiker und Mechaniker noch ein weites Feld offen, und ich glaube, daß bei dem Schwunge, den die Naturwissenschaft erhalten, auch tieferes Forschen in das heilige Geheimnis der Natur eindringen, und manches, was nur noch geahnet, in das rege Leben sichtlich und vernehmbar bringen wird.«

Plötzlich wehte ein seltsamer Klang durch die Luft, der im stärkern Anschwellen dem Ton einer Harmonika ähnlich wurde. Die Freunde blieben von innerm Schauer ergriffen, wie an den Boden festgebannt, stehen; da wurde der Ton zur tiefklagenden Melodie einer weiblichen Stimme. Ferdinand ergriff des Freundes Hand und drückte sie krampfhaft an seine Brust, aber leise und bebend sprach Ludwig: »*Mio ben ricordati s'avvien ch'io mora.*« Sie befanden sich außerhalb der Stadt, vor dem Eingange eines mit hohen Hecken und Bäumen umschlossenen Gartens; dicht vor ihnen hatte unbemerkt ein kleines niedliches Mädchen, im Grase sitzend, gespielt, das sprang nun schnell auf und sprach: »Ach wie schön singt Schwesterchen wieder, ich muß ihr nur eine Blume bringen, denn ich weiß schon, wenn sie die bunten Nelken sieht, dann singt sie noch schöner und länger.« Und damit hüpfte sie, einen großen Blumenstrauß in der Hand, in den Garten, dessen Türe offenstehen blieb, so daß die Freunde hineinschauen konnten. Aber welch ein Erstaunen, ja welch ein inneres Grausen durchdrang sie, als sie den Professor X. erblickten, der mitten im Garten unter einer hohen Esche stand. Statt des zurückschreckenden ironischen Lächelns, mit dem er die Freunde in seinem Hause empfing, ruhte ein tiefer melancholischer Ernst auf seinem Gesicht, und sein himmelwärts gerichteter Blick schien wie in seliger Verklärung das geahnete Jenseits zu schauen, was hinter den Wolken verborgen, und von dem die wunderbaren Klänge Kunde gaben, welche wie ein Hauch des Windes durch die Luft bebten. Er schritt langsam und abgemessen den Mittelgang auf und nieder, aber in seiner Bewegung wurde alles um ihn her rege und lebendig, und überall flimmerten kristallne Klänge aus den dunklen Büschen und Bäumen empor und strömten vereinigt im wundervollen Konzert wie Feuerflammen durch die Luft ins Innerste des Gemüts eindringend, und es zur höchsten Wonne himmlischer Ahndungen entzündend. Die Dämmerung war eingebrochen, der Professor verschwand in den Hecken, und die Töne erstarben im Pianissimo. Endlich gingen die Freunde im tiefen Schweigen nach der Stadt zurück; aber als Ludwig sich nun von dem Freunde trennen wollte, da drückte ihn Ferdinand fest an sich und sprach: »Sei mir treu! – sei mir treu! – ach ich fühle es ja, daß eine fremde Macht in mein Inneres gedrungen, und alle die im Verborgenen liegenden Saiten ergriffen hat, die nun nach ihrer Willkür erklingen müssen, und sollte ich darüber zugrunde gehen!

War denn nicht die gehässige Ironie, womit uns der Professor in seinem Hause empfing, nur der Ausdruck des feindlichen Prinzips, und hat er uns mit seinen Automaten nicht nur abfertigen wollen, um alle nähere Beziehung mit mir im extensiven Leben von der Hand zu weisen?« – »Du kannst wohl recht haben«, erwiderte Ludwig: »denn auch ich ahne es deutlich, daß auf irgendeine Weise, die uns nun freilich wenigstens jetzt ein unauflösliches Rätsel bleibt, der Professor in dein Leben, oder besser gesagt, in das geheimnisvolle psychische Verhältnis, in dem du mit jenem unbekannten weiblichen Wesen stehst, eingreift. Vielleicht verstärkt er selbst wider seinen Willen, als feindliches Prinzip darin verflochten und dagegen ankämpfend, den Rapport, dessen Kraft eben im Kampfe wächst, und es wäre denkbar, daß ihm dein Nähertreten schon deshalb verhaßt sein müßte, weil dein geistiges Prinzip dann wider seinen Willen, oder vielmehr irgendeiner konventionellen Absicht entgegen, alle die Anklänge jenes psychischen Rapports weckt und in neuen lebhafteren Schwung setzt.« – Die Freunde beschlossen nun kein Mittel unversucht zu lassen, dem Professor X. näherzutreten und vielleicht endlich das Rätsel zu lösen, das so tief auf Ferdinands Leben wirkte; schon am folgenden Morgen sollte ein zweiter Besuch bei dem Professor das Fernere einleiten, ein Brief, den Ferdinand unvermutet von seinem Vater erhielt, rief ihn aber nach B., er durfte sich nicht den mindesten Aufschub verstatten, und in wenigen Stunden eilte er schon mit Postpferden von dannen, indem er seinem Freunde versicherte, daß ihn nichts abhalten würde, spätestens in vierzehn Tagen wieder in J. zu sein. Merkwürdig war es Ludwigen im höchsten Grade, daß er bald nach Ferdinands Abreise von demselben ältlichen Mann, der zuerst von des Professors X. Einwirkung auf den Türken gesprochen, nun erfuhr, wie des Professors mechanische Kunstwerke nur aus einer untergeordneten Liebhaberei hervorgegangen, und daß tiefes Forschen, tiefes Eindringen in alle Teile der Naturwissenschaft eigentlich der unausgesetzte Zweck alles seines Strebens sei. Vorzüglich rühmte der Mann die Erfindungen des Professors in der Musik, die er aber bis jetzt niemanden mitteile. Sein geheimnisvolles Laboratorium sei ein schöner Garten bei der Stadt, und oft hätten schon Vorübergehende seltsame Klänge und Melodien ertönen gehört, als sei der Garten von Feen und Geistern bewohnt.

Vierzehn Tage vergingen, aber Ferdinand kehrte nicht wieder, endlich nach zwei Monaten erhielt Ludwig einen Brief aus B. des Inhalts:

Lies und erstaune, aber erfahre nur das, was du vielleicht ahntest, nachdem du dem Professor, wie ich hoffe, nähergetreten. Im Dorfe P. werden Pferde gewechselt, ich stehe und schaue recht gedankenlos in die Gegend hinein.

Da fährt ein Wagen vorbei und hält vor der nahen offnen Kirche; ein einfach gekleidetes Frauenzimmer steigt aus, ihr folgt ein junger schöner Mann in russischer Jägeruniform mit Orden geschmückt; zwei Männer steigen aus einem zweiten Wagen. Der Posthalter sagt- »Das ist das fremde Paar, das unser Hr. Pastor heut traut.« Mechanisch gehe ich in die Kirche und trete ein, als der Geistliche gerade mit dem Segen die Zeremonie endigt. Ich schaue hin, die Braut ist die Sängerin, sie erblickt mich, sie erblaßt, sie sinkt, der hinter ihr stehende Mann fängt sie auf in seine Arme, es ist der Professor X. – Was weiter vorgegangen, weiß ich nicht mehr, auch nicht, wie ich hiehergekommen, du wirst es wohl vom Professor X. erfahren. Jetzt ist eine nie gefühlte Ruhe und Heiterkeit in meine Seele gekommen. Der verhängnisvolle Spruch des Türken war eine verdammte Lüge, erzeugt vom blinden Hintappen mit ungeschickten Fühlhörnern. Habe ich sie denn verloren? ist sie nicht im innern glühenden Leben ewig mein? Du wirst lange nicht von mir hören, denn ich gehe nach K., vielleicht auch in den tiefen Norden nach P.

Ludwig ersah aus seines Freundes Worten nur zu deutlich seinen zerrütteten Seelenzustand, und um so rätselhafter wurde ihm das Ganze, als er erfuhr, daß der Professor X. durchaus die Stadt nicht verlassen habe. Wie, dachte er, wenn es nur die Resultate des Konflikts wunderbarer psychischer Beziehungen, die vielleicht unter mehreren Personen stattfanden, wären, die in das Leben traten, und selbst äußere von ihnen unabhängige Begebenheiten so in ihren Kreis zogen, daß sie der getäuschte innere Sinn für eine aus ihm unbedingt hervorgehende Erscheinung hielt und daran glaubte? – Doch vielleicht tritt künftig die frohe Ahnung ins Leben, die ich in meinem Innern trage, und die meinen Freund trösten soll! Der verhängnisvolle Spruch des Türken ist erfüllt, und vielleicht gerade durch diese Erfüllung der vernichtende Stoß abgewendet, der meinem Freunde drohte.

FSC
www.fsc.org
MIX
Papier aus verantwortungsvollen Quellen
Paper from responsible sources
FSC® C141904

Druck:
Customized Business Services GmbH
im Auftrag der
KNV Zeitfracht GmbH
Ein Unternehmen der Zeitfracht - Gruppe
Ferdinand-Jühlke-Str. 7
99095 Erfurt